CB074366

Helmut Heissen (signature)

Esta obra foi publicada originalmente em alemão com o título
DER CLUB
por Middelhauve Verlag GmbH, Munique.
Copyright © by Middelhauve Verlag GmbH, Munique, Alemanha.
Copyright © 2003, Livraria Martins Fontes Editora Ltda.,
São Paulo, para a presente edição.

1ª edição
abril de 2003

Tradução
MONICA STAHEL

Produção gráfica
Geraldo Alves

Dados Internacionais de Catalogação na Publicação (CIP)
(Câmara Brasileira do Livro, SP, Brasil)

Heine, Helme
 A turma / Helme Heine ; ilustrações da autora ; tradução Monica Stahel – São Paulo : Martins Fontes, 2003.

 Título original: Der Club.
 ISBN 85-336-1745-3

 1. Literatura infanto-juvenil I. Título.

03-1068   CDD-028.5

Índices para catálogo sistemático:
1. Literatura infantil   028.5
2. Literatura infanto-juvenil   028.5

Todos os direitos desta edição para o Brasil reservados à
Livraria Martins Fontes Editora Ltda.
Rua Conselheiro Ramalho, 330/340 01325-000 São Paulo SP Brasil
Tel. (11) 3241.3677 Fax (11) 3105.6867
e-mail: info@martinsfontes.com.br http://www.martinsfontes.com.br

Helme Heine
A turma

Tradução
Monica Stahel

Martins Fontes
São Paulo 2003

No dia em que você nasce, três amigos vêm morar em você.

O professor Cérebro se instala no sótão, debaixo da sua touquinha. Rose Coração fica morando no primeiro andar, à esquerda. E o Barrigão vai trabalhar no porão.

Você conta tudo o que acontece ao professor Cérebro. Assim, ele fica sabendo o que você vê e ouve. E também os cheiros, gostos, dores, alegrias e tristezas que você sente. Imediatamente ele anota tudo, para depois você poder lembrar.

À noite, enquanto você dorme, o professor ordena todas as anotações. Às vezes ele acaba trocando uma pela outra. Aí você tem um pesadelo.

Rose Coração cuida de todos os corações que você ganha e conquista.

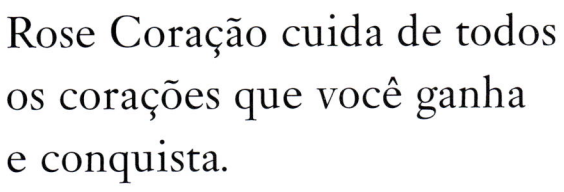

Ela põe os corações tristes para secar, conserta os quebrados...

... e passa a ferro os corações amarrotados.

Rose guarda direitinho todos os corações, para você poder passá-los adiante sempre que quiser.

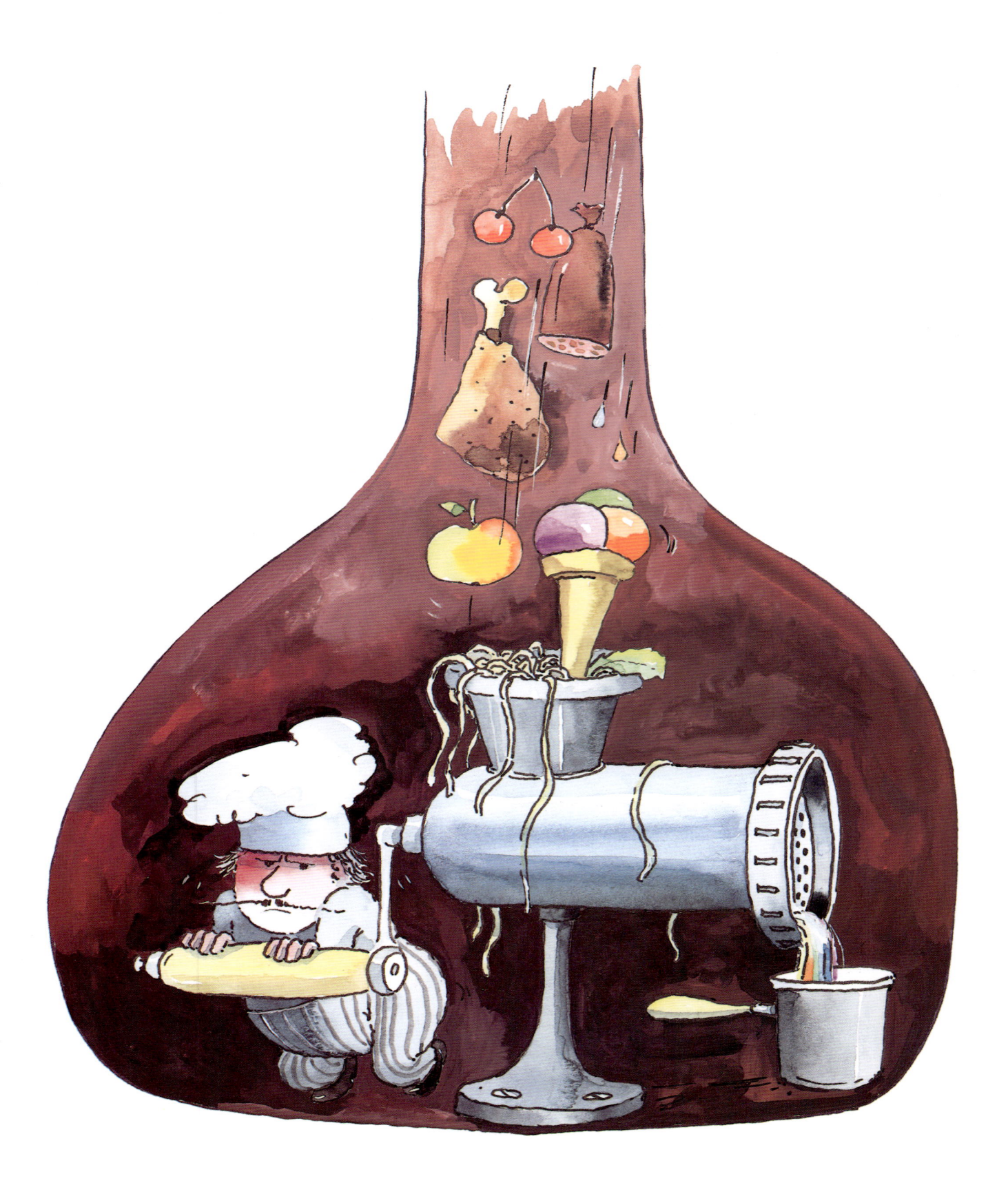

Barrigão é responsável pelo que você come e bebe.
Ele cuida de tudo o que você manda para o porão.

Ele aquece um pouco as bebidas frias para você não se resfriar…

… e dá uma esfriada nas comidas muito quentes.

Quando você come muito depressa, Barrigão fica irritado e faz você soluçar.

Mas ele não deixa de ser seu amigo. Quando percebe que você não gosta de alguma comida, ele vem ajudá-lo e fecha a sua garganta.

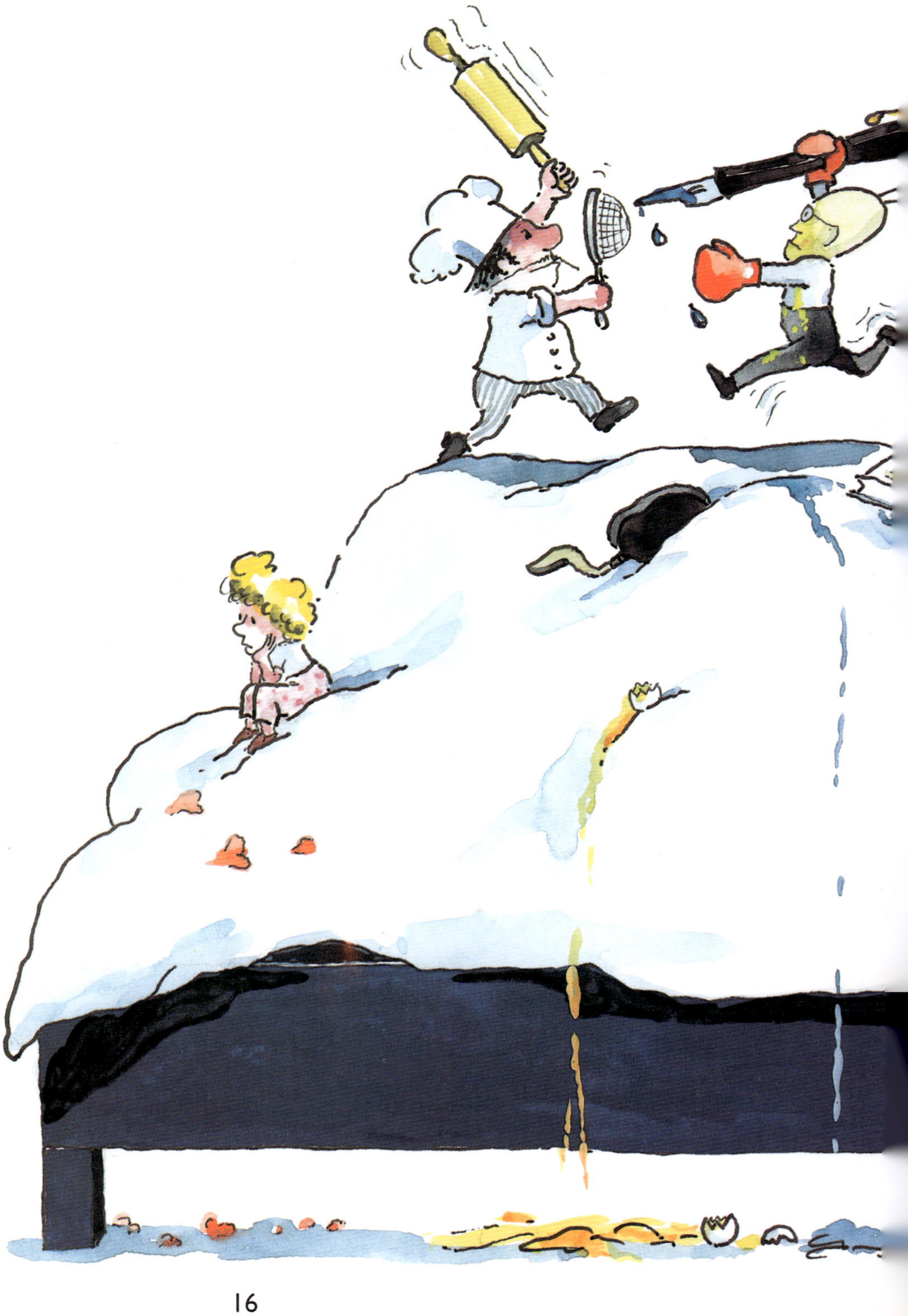

De vez em quando, os três amigos brigam.
Isso é normal, acontece com todos os bons
amigos. Quando eles se desentendem, você
fica doente.

O médico, que conhece muito bem os três, tenta fazer as pazes entre eles. Quando falar não resolve, o jeito é receitar um remédio docinho ou uma injeção.

Em geral, logo eles voltam às boas
e você se cura da doença.

Sua turma acompanha você a vida toda,

Às vezes um dos amigos

Mas eles estão sempre juntos

seja você menino ou menina.

fica maior do que os outros dois,

e são fiéis a você   até a morte.

No dia em que você morre,
a turma se separa.

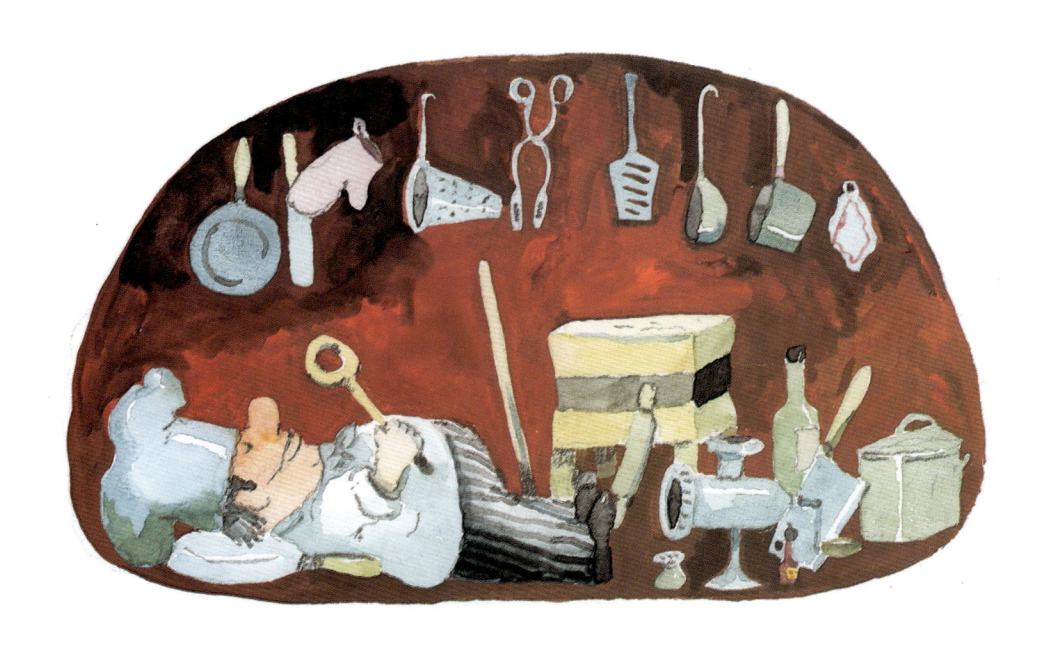

Barrigão fica junto com você, por gratidão
ao sustento e ao trabalho que você lhe deu.

O professor Cérebro se encontra com outros cérebros, fala do passado e conta como era a vida.

Fala de você, das suas proezas,

$1 + 1 = 3$

dos seus fracassos,

dos seus sonhos.

Rose cultiva todos os corações que você colecionou durante a vida.

Ela corre para recuperar os que não chegaram a seu destino ou que você não deu a ninguém

e os distribui em seu nome, para que você
nunca seja esquecido.

IMPRESSÃO E ACABAMENTO:
YANGRAF Fone/Fax: 6198.1788